漢語拼音真易學

④ 整體認讀及特殊音節

畢宛嬰／著
李亞娜／繪

U0105845

新雅文化事業有限公司
www.sunya.com.hk

親愛的小朋友，我們已經學了聲母、韻母，標調。接下來我們要學整體認讀音節和特殊音節。學完之後，就可以大聲對爸爸媽媽說：「我學會漢語拼音了！」

什麼是 整體認讀音節？

　　漢語拼音中 zhi、chi、shi、ri、zi、ci、si 這幾個音叫做整體認讀音節，看到它們千萬不要拼讀，直接發音就行了。

zhi

zhī zhí zhǐ zhì

zhi、zhi、zhi，我知道，

喝果汁，味道好。

bào zhǐ
報紙
zhī ma
芝麻

chi

四聲

chī chí chǐ chì

chi、chi、chi，真好吃，
zhēn hǎo chī

每頓飯，都好吃。
měi dùn fàn　dōu hǎo chī

尺子
chǐ zi

牙齒
yá chǐ

shi

四聲

shī shí shǐ shì

8

shi、shi、shi，是老師，
shì lǎo shī

在教室，教知識。
zài jiào shì jiāo zhī shi

yào shi
鑰匙

shī zi
獅子

9

ri

星期日

四聲

rī　rí　rǐ　rì

ri、ri、ri，星期^{xīng qī rì}日，

節假日^{jié jià rì}，休息日^{xiū xi rì}。

日曆^{rì lì}
生日^{shēng rì}

zi

四聲

zī zí zǐ zì

讀一讀

zi、zi、zi，練寫字，

鉛筆字、毛筆字。

紫色

葉子

ci

cī cí cǐ cì

14

ci、ci、ci，記歌詞，

讀一次，唱一次。

cì wei
刺蝟

cí qì
瓷器

si

四聲

sī sí sǐ sì

讀一讀

si、si、si，愛_{ài}思_{sī}考_{kǎo}，

做_{zuò}實_{shí}驗_{yàn}，勤_{qín}動_{dòng}腦_{nǎo}。

司_{sī}機_{jī}

思_{sī}考_{kǎo}

什麼是 特殊音節 ？

親愛的小朋友，yi、wu、yu、ye、yue、yin、yun、ying、yuan 是漢語拼音中的特殊音節，它們和整體認讀音節一樣，不要拼讀，直接讀就可以了。

yi

四聲

yī yí yǐ yì

讀一讀

yi、yi、yi，穿^{chuān}花^{huā}衣^{yī}，

過^{guò}年^{nián}了^{le}，買^{mǎi}新^{xīn}衣^{yī}。

螞^{mǎ}蟻^{yǐ}

椅^{yǐ}子^{zi}

wu

四聲

wū wú wǔ wù

讀一讀

wu、wu、wu，搬新屋，
bān xīn wū

森林裏，有木屋。
sēn lín li　yǒu mù wū

烏雲
wū yún

禮物
lǐ wù

yu

四聲

yū yú yǔ yù

24

yu、yu、yu，好_{hǎo}多_{duō}魚_{yú}，

紅_{hóng}金_{jīn}魚_{yú}，黃_{huáng}金_{jīn}魚_{yú}。

下_{xià}雨_{yǔ}

玉_{yù}米_{mǐ}

ye

四聲

yē yé yě yè

讀一讀

ye、ye、ye，是樹葉，
(shì shù yè)

秋風起，賞紅葉。
(qiū fēng qǐ shǎng hóng yè)

爺爺
(yé ye)

夜晚
(yè wǎn)

yue

yuē yué yuě yuè

yue、yue、yue，要節約，
yào jié yuē

好行為，不可缺。
hǎo xíng wéi　　bù kě quē

yuè liang
月亮
·
yuè pǔ
樂譜
·

節約用電

yin

四聲

yīn yín yǐn yìn

讀一讀

ā	á	ǎ	à
ō	ó	ǒ	ò
ē	é	ě	è
ī	í	ǐ	ì
ū	ú	ǔ	ù
ü	ǘ	ǚ	ǜ

xué pīn yīn
yin、yin、yin，學拼音，

duō lǎng dú　　liàn fā yīn
多朗讀，練發音。

qiū yǐn
蚯蚓

yǐn liào
飲料

yun

四聲

yūn yún yǔn yùn

讀一讀

yun、yun、yun，愛運動，ài yùn dòng

勤鍛煉，不頭暈。qín duàn liàn bù tóu yūn

yún duǒ
雲朵

yǔn shí
隕石

yìng

 四聲

yīng yíng yǐng yìng

ying、ying、ying，是老鷹，
shì lǎo yīng

lán tiān shang　　hěn yīng yǒng
藍天上，很英勇。

yīng wǔ
鸚鵡

yīng ér
嬰兒

yuan

yuān　yuán　yuǎn　yuàn

yuan、yuan、yuan，去公園，
qù gōngyuán

chūn sè měi　　huā mǎnyuán
春色美，花滿園。

yuán xíng
圓形

yī yuàn
醫院

輕聲

　　親愛的小朋友們，還記得我們在第①冊中學過的聲調嗎？其實普通話中除了第一聲、第二聲、第三聲和第四聲以外，還有一種「輕聲」的特殊情況。什麼是「輕聲」呢？就是把一個字讀得又快又短。大多數讀輕聲的字是一個詞語的最後一個字。例如「謝謝」中的第二個「謝」字；有的是中間那個字，比如「看一看」中的「一」字。

請讀出以下拼音，再把拼音與相對應的圖片連起來。

❶ shī zi ·　　　·

❷ chǐ zi ·　　　·

❸ yè zi ·　　　·

❹ wū yún ·　　　·

❺ yuè liang ·　　　·

❻ wū guī ·　　　·

親愛的小朋友們，讀到這裏，說明你已經成功學完了四冊漢語拼音，祝賀你！想知道自己到底學會了沒有？很簡單！翻開⑤《情景練習冊》，在真實的場景中運用漢語拼音吧。